Bruno Gustav Weber

Ueber Carcinoma ovarii

Antigonos

Bruno Gustav Weber

Ueber Carcinoma ovarii

Unveränderter Nachdruck der Originalausgabe von 1873.

1. Auflage 2024 | ISBN: 978-3-38635-095-2

Antigonos Verlag ist ein Imprint der Outlook Verlagsgesellschaft mbH.

Verlag: Outlook Verlag GmbH, Zeilweg 44, 60439 Frankfurt, Deutschland, info@outlook-verlag.de
Vertretungsberechtigt: E. Roepke, Zeilweg 44, 60439 Frankfurt, Deutschland
Druck: Libri Plureos GmbH, Friedensallee 273, 22763 Hamburg, Deutschland

Ueber
Carcinoma Ovarii.

Inaugural-Dissertation

mit Genehmigung

der medicinischen Facultät

der vereinigten Friedrichs - Universität

Halle - Wittenberg

zur Erlangung der Doctorwürde

in der Medicin und Chirurgie

zugleich mit den Thesen öffentlich vertheidigt

am

9. August 1873 — Vormittags 11 Uhr

von

Bruno Weber

aus Gera,

gegen

A. Genzmer, DDr. med.
H. Ranke, Cand. med.
P. Kraske, Cand. med.

Halle,

Plötz'sche Buchdruckerei.

Dem Andenken

seines lieben Vaters

aus Dankbarkeit

gewidmet

vom Verfasser.

Wenn in den chirurgischen Stationen unsrer Kliniken und Spitäler das männliche Geschlecht in der weitaus überwiegenden Mehrzahl vertreten ist; wenn wir auf den Strassen und in den Versorgungsanstalten fast nur Männer als Krüppel sehen, so ist das nichts wunderbares. Denn es ist eben die Pflicht des Mannes, sich durch das wechselvolle Leben mit seinen manichfaltigen Klippen hindurch zu kämpfen; sein Beruf als Krieger auf dem Schlachtfeld, als Arbeiter in den Fabriken, als Bergmann in den Schachten, als Eisenbahnbeamter, Maurer, Schieferdecker u. s. w. setzt ihn vielen Gefahren aus und die allmählige Gewöhnung an die Gefahr bringt oft in ihm nach und nach eine Sorglosigkeit hervor, die ihm zuletzt das Leben oder wenigstens die Gesundheit kosten kann. — Dass aber des Weibes Leben und Gesundheit, wenn auch von einer ganz anderen Seite her, in nicht geringerem Grade bedroht ist, dafür legen die gynäkologischen Kliniken den Universitäten Zeugniss ab, das wird jeder beschäftigte Hausarzt bestätigen können und dieser locis minoris resistentiae des weiblichen Geschlechtes liegt in seinen Sexualorganen.

Die Prädisposition der weiblichen Geschlechtstheile zu Erkrankungen der verschiedensten Art erklärt sich leicht aus der alle vier Wochen eintretenden congestiven Hyperämie, welche diese Organe erfahren; aus der Schwangerschaft welche eine Hypertrophie, der Geburt, welche eine Verwundung, und dem Wochenbette, welches eine Rückbildung, die Involution der hypertrophischen Theile bewirkt. Auch wenn wir die Reizungen, welche der Coitus hervorruft, bei Seite lassen, so giebt es genug andere Schädlichkeiten, welche, zwar an und für sich höchst unbedeutend, dennoch im Stande sind, wenn sie im ungünstigen Momente einwirken, die an sich physiologischen Vorgänge zu pathologischen umzugestalten, welche auch nach völliger Beseitigung eine grosse Neigung zum Recidiviren besitzen. Viel verlockendes hat gerade hier die Ansicht Thierschs und Waldeyers, welche die Entstehung maligner Neubildungen und besonders des Carcinoms mit chronisch — entzündlichen Processen localer Art, besonders wiederholten Reizungen, die zu umschriebenen Entzündungen Veranlassung geben, in Verbindung bringen; denn, rechnen wir die Mammae mit zu den weiblichen Geschlechtsorganen, wohin sie vermöge ihrer physiologischen Bedeutung gehören, so finden wir an ihnen ein relativ enorm häufiges Vorkommen von Krebsgeschwülsten. Diese unheilbringenden Neubildungen, denen gegenüber die innerlichen Arzneimittel ohnmächtig sind, die bloss chirurgischen Mitteln weichen und auch nur dann, wenn sie in einem noch frühen Stadium zur Behandlung kommen, fordern jährlich zahlreiche Opfer; besonders bevorzugt sind von ihnen Mammae und Uterus, seltner kommen sie glücklicher Weise am Ovarium vor, wo sie sich jeder directen Behandlung entziehen.

Erstere beiden Organe sind nach dem Magen diejenigen Stellen, wo sich überhaupt die meisten Carcinome vorfinden und haben als solche zu zahlreichen Untersuchungen Veranlassung gegeben. Weniger hat der Krebs des Ovarium bis jetzt diese Beachtung erfahren, obgleich er sowohl in histologischer als in klinischer Beziehung nicht geringeres Interesse verdient.

Gehen wir, besonders um das pathologisch — anatomische Bild zu characterisiren von einem concreten Falle aus: Marie Gessert aus Facha bei Eisenach stammend, hatte seit 1868 an oft exacerbirenden peritonitischen Beschwerden gelitten, in deren Verlauf ein fester knolliger Tumor im Unterleibe fühlbar wurde; sie starb 28 Jahre alt am 7. November 1872 in Halle unter den Erscheinungen einer Embolie der Lungenarterien. Der Sectionsbefund, von welchem wir bloss den auf unser Thema bezüglichen Abschnitt mittheilen wollen, ergab folgendes: Das Abdomen ist ziemlich stark ausgedehnt und zeigt zahlreiche Zerreissungen des Rete Malpighii, welche wie Schwangerschaftsnarben aussehen; der Nabel ist verstrichen, unterhalb desselben sind mehrere Punktionsnarben sichtbar; der panniculus adiposus ist geschwunden, die Muskulatur blass. Bei der Eröffnung der Bauchhöhle findet sich eine grosse Menge dunkel gefärbter Flüssigkeit. Das parietale Blatt der Serosa ist überall getrübt, verdickt und leicht ödematös; zugleich ist es übersaeet von zahlreichen kleinen Tumoren von miliarer bis Haselnussgrösse; in der Mittellinie, ungefähr eine Handbreite über der Symphysis ossis pubis bemerkt man einen gänseeigrossen Tumor von grauweisser undurchsichtiger Schnittfläche und ziemlich fester Beschaffenheit. Das grosse Netz hat sich in eine harte, knollige, aus einzelnen kugelförmigen Tumoren zusammengesetzte Geschwulstmasse verwandelt. Das Mesenterium ist fettreich, mit reichlichen Geschwulsteruptionen von verschiedener Grösse besetzt; letztere zeigen eine graue bis röthliche Färbung und feste bis markig weiche Consistenz. Die Schlingen des Dünndarms sind stark zusammengezogen; seine Serosa ist mit Geschwulstknoten von derselben Beschaffenheit infiltrirt wie das Mesenterium. Von diesen erreicht einer, der aus verschiedenen Einzelknoten besteht und am Uebergang des Jejunum in das Ileum liegt, Gänseeigrösse; besonders zahlreich treten die kuglichen Geschwülste in der Ileo — Cöcalgegend auf. In der der letzteren entsprechenden Parthie der linken Seite ist das Colon angeheftet, biegt sich jäh um, steigt bis zur Milzgegend in die Höhe und wendet sich dann wieder nach abwärts, wobei es fast vollständig in einem grossen derben Haufen von Eruptionen, deren einzelne bereits käsigen Character angenommen haben, untergeht. Das Lumen des Colon ist theils durch zahlreiche Knickungen, theils durch hereinragende oft schon in Zerfall begriffene Tumoren zu wiederholten Malen verengt; ungefähr

2 Fuss oberhalb des Afters hat die Schleimhaut und zum Theil auch die in eine grosse Geschwulstmasse übergegangenen übrigen Darmwandungen einen Substanzverlust erlitten, wodurch an dieser Stelle der Dickdarm in eine faustgrosse Jauchehöhle umgewandelt ist. Auch in den Dünndarm ragen die ihm aussen aufsitzenden Massen halbkuglig hinein und sind dann oft auf der Höhe der Convexität in grösserer oder geringerer Ausdehnung bis groschengross, aber stets oberflächlich exulcerirt. Das Ovarium der linken Seite ist mit dem Fundus Uteri und dem Peritonaeum in eine unförmliche höckrige Geschwulstmasse von doppelt Mannskopfgrösse übergegangen und beherbergt zahlreiche bohnen — bis gänseeigrosse Cysten. Ebenso ist das rechte Ovarium völlig degenerirt und bildet einen mit dem ersten eng zusammenhängenden Tumor. Von den beiden Tuben ist nichts mehr aufzufinden, ihr Lumen ist verschwunden und sie sind, wie auch die ligamenta lata und die ligamenta rotunda gänzlich in dem Tumor zu Grunde gegangen. Der Uterus steht wie eingemauert, von seiner Serosa und damit von seiner Abgrenzung nach Aussen kann man nichts mehr auffinden, bloss der Cervix ist noch intact. An der Vagina und der Blase findet sich nichts abnormes, nur die Serosa der letztern zeigt, zumal auf der linken Seite, mehrere knotige Infiltrationen.

Was die übrigen Veränderungen im Körper betrifft[1], so sei kurz erwähnt, dass die Vena iliaca communis sinistra von einem Daumendicken bis in die Vena cava inferior ragenden Thrombus verstopft ist, der sich in Zerfall begriffen zeigt und Embolie der Lungenarterien hervorgebracht hat. Ausserdem findet sich auf dem Pleuraüberzug sowie auf der verdickten Serosa von Leber und Gallenblase eine starke Eruption meist miliarer Knötchen von derber Consistenz und grauer Färbung. Die Pulpa der Milz stellt sich als vollkommen breiig heraus, durchsetzt an mehreren Stellen mit haselnussgrossen weissen oder weissgelben Heerden von meist trockner Schnittfläche.

Betrachten wir den grossen Beckentumor genauer, so bemerken wir zahlreiche, ebenfalls mit miliaren zum Theil dunkel pigmentirten Knoten durchsetzte Faden, welche vielfach mit einander communiciren und theils die einzelnen Parthieen der Geschwulst verbinden, theils nach dem Peritonaeum parietale hinüberlaufen. Auf dem Durchschnitt zeigt er meist feste Consistenz und grauweisse Färbung; einzelne verkalkte Stellen knirschen bei der Berührung mit dem Messer; andere sind bereits gelblich und verkäst oder schon gänzlich erweicht. Die Cysten, deren wir bereits bei Beschreibung der Oberfläche Erwähnung gethan haben, finden sich auch im Innern der Geschwulst und erreichen hier etwa die Grösse einer welschen Nuss. Ihr Inhalt besteht aus einer hellgelben mit glitzernden Flocken untermischten Flüssigkeit, die sich als cholestearinhaltig erweist.

Die mikroscopische Untersuchung der Zupfpräparate lässt uns Zellen der verschiedenartigsten Gestalt, die noch am meisten Cylinderepithelien ähneln, Bindegewebsfibrillen und zahlreiche Fetttropfen, an einigen Stellen auch lymphoide Elemente wahrnehmen. Der histologische Befund der in Alkohol erhärteten und mit pikrinsaurem Carmin gefärbten Schnittpräparate stellt sich folgendermassen heraus:

I. Drei Schnitte aus einem Knoten der linken Seite zeigen ein weitmaschiges zartes Stroma, hier und da abwechselnd mit dicken Bindegewebsbalken, welche aus wellenförmig verlaufenden fibrillären Elementen und wenig spindelförmigen Zellen bestehen. An einigen Stellen liegen zwischen den Bindegewebsfibrillen Rundzellen, bald dichter, bald vereinzelt eingestreut. Die weiteren areolären Räume sind leer, während die engeren durch dicht an einander gelagerte verschieden grosse Zellen mit körnigen Protoplasma und einem oder auch mehreren grossen Kernen ausgefüllt sind; die Gestalt der letzteren ist zwar nicht typisch, kommt indess der der Cylinderzellen sehr nahe. Dieselben Zellennester von allerdings viel kleineren Umfange sind auch in die dicken Stromabalken eingesprengt.

II. Zwei Schnitte aus der rechten Seite der Geschwulst, etwa aus der Gegend des rechten Ovariums lassen ein viel massenhafteres Bindegewebe mit zahlreichen Spindelzellen erscheinen, welches verschiedentlich von langen, sich verzweigenden Zellenzapfen durchsetzt ist; die Zellen haben dieselbe cylindrische Gestalt wie die oben erwähnten; die Zapfen, welche sie bilden, zeigen oft ein verschieden grosses Lumen, ähnlich wie Drüsenschläuche. An einzelnen Stellen finden sich Detritusmassen, wahrscheinlich aus zerfallenden Zellen hervorgegangen.

III. Zwei Präparate aus dem Fundus Uteri lassen zum Theil noch normale Uterusmuskulatur erblicken, zwischen welche bisweilen kleinere Zellennester eingelagert sind; noch weiter nach oben sind an den Platz der organischen Muskelfasern lange lockige Bindegewebsfibrillen getreten, welche auch nur spärlich Cylinderzellenhaufen, dagegen eine grosse Anzahl lymphoider Elemente bergen.

IV. An den in den Darm hereinragenden Knoten ist fast überall Serosa und Muscularis verdrängt durch die zapfenförmig sich vorschiebenden und nach allen Seiten sich verzweigenden Zellencylinder, die auch hier vielfach ein Lumen besitzen, während die Schleimhaut meist noch Widerstand leistet. Von sechs Schnitten zeigen drei ganz unversehrte Schleimhaut, während in zweien auch die Längsmuskulatur derselben von Zellenzapfen durchsetzt ist und vereinzelte Nester schon in der ringförmigen Schicht liegen; an dem sechsten, der scheinbar intacte Oberfläche besitzt sind doch bereits drei Darmdrüsenschläuche in Zerfall begriffen, ohne dass an der betreffenden Stelle die Ringmuskulatur Theile der Neubildung aufzuweisen hätte.

V. In den peritonitischen Adhäsionen (vier Präparate) finden wir ein dichtes Gewirr von unregelmässig bald neben einander laufenden bald sich spitz — selten rechtwinklich kreuzenden Fibrillen, welche manchmal fast ganz durch Spindelzellen ersetzt sind. Rundzellen sind überall mehr oder weniger zahlreich eingestreut. Da, wo die im makroskopischen Bericht erwähnten Knoten liegen, ist nach Aussen eine dichte Bindegewebsschicht vorhanden, vielleicht die aus einander gedrängten Bündel der Adhäsion, während im Innern ein zartes Stroma dicht neben einander liegende grosse Nester von niedrigen Cylinderzellen von der oben genannten Beschaffenheit umgiebt.

VI. Ein Schnitt aus der Wand einer Cysta lässt ein ziemlich dichtes Gewebe von neben einander concentrisch verlaufenden dicken Bindegewebsfasern erkennen, zwischen denen nach Aussen weniger, nach Innen zahlreichere Bindegewebskörperchen eingelagert sind. Drei niedrige der Innenfläche anhangende Cylinderzellen scheinen darauf hinzudeuten, dass dieselbe einen Epithelbelag besessen hat.

Recapituliren wir den histologischen Befund, so kommen wir zu dem Resultat, dass der Tumor sowohl, wie die secundären Knoten aus einem oft derben, oft zarten Stroma bestehen, welches runde und langezogene Hohlräume umschliesst, die mit niedrigen Cylinderzellen bisweilen völlig ausgefüllt, bisweilen nur so ausgekleidet sind, dass ein deutliches, manchmal querverzogenes Lumen in der Mitte bleibt. Wir können daher, besonders wenn wir noch den klinischen Verlauf und die zahlreichen Metastasen in Betracht ziehen, die Diagnose der Geschwulst stellen auf ein zellenreiches Carcinom, welches an manchen Stellen den Character eines Adenoms trägt. Der wahrscheinliche Ausgangspunct der Neubildung ist in dem linken Ovarium zu suchen.

Weniger genau können wir über einen zweiten Tumor berichten, da über ihn als ein Tauschpräparat keine anamnestische Momente zu eruiren waren und Krankengeschichte wie Sectionsbefund fehlen. Bei seiner makroskopischen Betrachtung bietet sich uns folgendes Bild dar:

Vagina und Uterus zeigen sich in puerperalem Zustande, an der hintern Wand des Fundus Uteri sieht man deutlich die Placentarstelle mit ihren Thromben. Das linke Ovarium mit der entsprechenden Tuba und dem zugehörigen ligamentum latum sind von normaler Beschaffenheit. In die Serosa des Uterus rechts hinten in der Nähe der Tuba Fallopii sind einige erbsen- bis bohnengrosse Knötchen von markiger Beschaffenheit eingestreut. Die rechte Tuba und das rechte ligamentum latum finden wir verdickt, um das dreifache verlängert und in ein mächtiges Cystenconglomerat übergehend, welches an Stelle des Ovariums dextrum liegt. Dieses Cystenconglomerat wird gebildet von einer mannskopfgrossen und zahlreichen kleineren erbsen- kindskopfgrossen Cysten, die namentlich um das Ende des Stieles lagern. Sie sind theils glattwandig, theils auf ihrer Innenfläche von einer zottigen, markig weichen, ungefähr zolldicken Masse besetzt, welche die innere Schicht der Cystenwand durchbrochen oder abgehoben hat. An einzelnen Stellen der grossen Cyste ist auch Durchbruch der Wucherung nach Aussen in die Bauchhöhle erfolgt und quillt sie hier pilzförmig hervor. In der Serosa sind nur wenige kleine Knoten enthalten und auch die Zahl der peritonitischen Adhäsionen stellt sich weit geringer heraus, als im vorigen Falle. Die Diagnose war hier weit schwieriger zs stellen, da eines theils das klinische Krankheitsbild fehlt, andern theils die Geschwulst an den meisten Stellen schon in fettigen Zerfall übergangen ist, so dass auch der mikroskopischen Untersuchung bedeutende Hindernisse in den Weg gelegt waren.

Wir lassen hier die Ergebnisse derselben folgen und werden aus den gegebenen Bildern den Schluss ziehen:

I. Die meisten Schnitte aus den wuchernden weichen Massen auf der Innenfläche der Cysten zeigen bloss einen dichten Detritus, der an einzelnen Stellen etwas mehr Zusammengehörigkeit besitzt und kolbenähnliche Gestalt annimmt.

Nur von einer etwas besser erhaltenen und mit zahlreichen milchig durchscheinenden Septis durchzogene Stelle liess sich ein Präparat darstellen, welches einen Schluss auf die ehemalige Beschaffenheit der ganzen Neubildung ziehen lässt. Hier finden sich nämlich zwischen den dichten fast nur aus Fibrillen bestehenden Bindegewebsbündeln langgezogene schmale Hohlräume, in welchen im Zerfall begriffene Cylinderzellen liegen, die fast alle geschrumpft zu sein scheinen, da sie häufig auf die eine Seite der Hohlräume gelagert sind und die andere Wand unbedeckt lassen. Manche von den areolären Räumen sind ganz leer, in manchen dagegen, wo die Zellen der Wand noch anliegen, hat sich ein deutliches Lumen gebildet.

II. Viel characteristischere Bilder, als die primäre Geschwulst, gewähren drei Schritte aus kleinen Knötchen, welche in das Peritonaeum und die Serosa des Uterus infiltrirt sind. Sie zeigen in verschiedener Richtung mit einander verflochtene Bindegewebsbündel, Netze von elastischen Fasern und zwischen den Bindegewebsbündeln längliche Hohlräume von den verschiedensten Formen, welche mit Cylinderzellen ausgekleidet sind und ein deutliches Lumen aufweisen. An einer Stelle sind die areolären Räume dichter gelagert und das Stroma ziemlich zart, an andern Stellen dagegen erscheinen bloss ganz vereinzelte kleine Cylinderzellenhaufen von rundlicher Gestalt, welche den sogenannten Krebskörpern ähneln.

Die Diagnose, welche in diesem Falle nicht so gesichert ist, wie im vorigen, lässt sich doch mit grosser Wahrscheinlichkeit auf Cystoid des linken Ovariums mit carcinomatöser Degeneration mehrere Cystenwände stellen; zugleich sind bereits Metastasen in das Peritonaeum eingetreten.

Wie aus der histologischen und makroskopischen Beschreibung beider Geschwülste hervorgeht, gehört die eine von ihnen der Gattung Krebs an, welche man unter dem Namen des

Markschwammes zusammen zufassen pflegt, hat dann entlang der Tuben und des ligamentum latum weiter fortschreitend allmälig den Fundus Uteri ergriffen und ist zuletzt auf den Darm übergegangen; etwas später, als das linke Ovarium ist das rechte degenerirt, wohl nicht in Folge von Metastase, auch nicht indem die vom Uterus ausgehenden Wucherungen es ergriffen, sondern dadurch, dass in ihm dieselbe Anlage zur Entwickelung von Carcinom bestand wie in dem zuerst befallenen. Dagegen sind die disseminirten Knötchen im Peritonaeum, den Pleuraüberzeugen, der Milch und dann zum grössten Theil auch im Darm sicherlich metastatischer Natur. Auch sie alle zeigen, wie das bei den secundären Krebsen überhaupt meist der Fall ist, die Beschaffenheit und die Structur des Carcinoma medullare. Dieses ist von den reinen Formen der Carcinome das bei weitem am häufigsten im Ovarium vorkommende: es entwickelt sich hier entweder primär und kann bedeutende Grösse erlangen, ehe es Metastasen macht oder zur Exulceration führt! oder es gesellt sich secundär zu schon bestehenden Krebse des Uterus, der Mamma, des Magens etc. und kommt dann natürlich im Vergleich zu dem Grundleiden gar nicht in Betracht. Meistens nehmen, wie unserm Falle beide Ovarien an der Entartung theil, besonders ist das bei dem allerdings sehr selten gefundenen Pigmentkrebs allemal bis jetzt beobachtet worden.

Nicht oft findet man den Scirrhus vertreten; er kommt bisweilen primär vor und wandelt beide Eierstöcke in harte, höckrige Geschwülste um von höchstens Kindskopfgrösse. Auf dem Durchschnitte sieht er blass und blutarm aus. Die mikroskopische Untersuchung zeigt, dass die Krebszellen äusserst spärlich und nur in kleinen Nestern bei einander liegen, während das fibrilläre Gewebe bedeutend überwiegt. Eine Beobachtung von intesiv lauchgrüner Färbung des Parenchyms theilt Kiwisch mit (Klinische Vortrage über spec. Pathologie und Therapie der Krankh. des weibl. Geschlechts II. Abtheil.

pag. 181). Wegen des langsamen Wachsthums dieser Art von Krebs sollen peritonäale Adhäsionen bei ihr viel seltener sein, als bei der medullaren Form.

Etwas häufiger findet sich die Combination von Markschwamm und Faserkrebs, so dass der eine Theil die feste, fibromartige Beschaffenheit des Scirrhus darbietet, der andere weich, fast fluctuirend anzufühlen ist. Gewöhnlich bildet dann der erstere den Kern der Geschwulst, während man den zweiten in den wuchernden Knoten der Oberfläche sieht.

Der Alveolarkrebs ist nach Förster (Patholog. Anatomie 2. Aufl. pg. 287) am seltensten und findet sich als einzige Entartung des Ovariums neben Alveolarkrebs in andern Organen. E. Wagner und Andere wollen ihn überhaupt nicht als eine eigne Art von Carcinom anerkennen, sondern bezeichen ihn als eine einfache colloide Entartung des gewöhnlichen Medullarkrebses, einen Vorgang, den man sich in gleicher Weise zu denken hat, wie die colloide Entartung der glandula thyreoidea oder die Bildung des Inhaltes einer Colloidcyste.

Am häufigsten unter allen Formen des Alveolarkrebses ist das Cystocarcinom. Die Entstehung desselben kann auf zweierlei Weise zu Stande kommen; nämlich entweder bilden sich in oder neben der wuchernden Krebsmasse Cysten, die selten einen bedeutenden Umfang erreichen (hierher müssten wir streng genommen auch die zuerst beschriebene Geschwulst rechnen) oder, was das Gewöhnliche ist, in dem cystoid entarteten Eierstock entwickeln sich bald bloss von einem, bald von verschiedenen Puncten der Wand aus zottige Wucherungen und rundliche Knoten, welche nach dem Centrum zu wachsen, zuletzt die ganze Cyste ausfüllen und nun oft bei weiterem Wachsthum ihre Wand sprengen oder schon früher in die Bauchhöhle durchbrechen und meist durch Erguss von Krebssaft und — jauche eine lethale Peritonitis hervorrufen. Diese Wuche-

rungen sind in der Regel sehr zellenreich, besitzen ein äusserst
zartes Strauna und nehmen in knrzer Zeit ungeheure Dimen-
sionen an. Die Cystocarcinome sind diejenigen Tumoren des
Ovariums und wohl auch des ganzen Körpers, welche das
schnellste Wachsthum besitzen und dabei die bedeutendste
Grösse erreichen. Ein wahrhaft typisches Beispiel ist der zu
zweit beschriebene Tumor: An ihm finden wir zunächst die
encephaloiden Massen in mehreren Cysten, besonders in der
grössten, an welcher sie auch die Wandung durchbrochen haben; ferner sind aber auch mehrere Cysten vorhanden, welche
keine Spur von medullärer Wucherung aufweisen, sondern glatte
Wände besitzen wie die meisten Ovariencysten. Auch diese
Art von Carcinom kann ohne alle Metastasen bleiben wie der
Fall beweist, den Kiwisch in seinem oben erwähnten Werke
berichtet: Er beobachtete bei einem 29 Jahre alten Mädchen
eine Geschwulst von dem Umfange einer mehr als hoch-
schwangeren Gebärmutter, die bei einer mehr als zolldicken
medullaren Infiltration einer einfachen Cyste gegen 30 Pfund
Krebsjauche enthielt, wobei das äussere Ansehen der Kranken
eine Krebskachexie nicht verrieth und der Körper ziemlich
üppig genährt war.

Fragen wir nach der Aetiologie der Eierstockskrebse, so
schweben wir über dieselbe wie überhaupt über die Ursachen
für die Entstehung des Krebses noch gänzlich im Dunkeln.
Dass weder geschlechtliche Ueberreizung noch Keuschheit, wie
manche behaupteten, die ursächlichen Momente sind, geht schon
zur Genüge aus dem Widerstreit dieser beiden Ansichten und
und ferner daraus hervor, dass Jungfrauen wie verheirathete
Frauen, jugendliche wie alte Individuen von diesem Leiden
befallen werden können. Vielmehr scheint für die Entstehung
der Carcinome sowohl wie der Cysten der Grund in der eigen-
thümlichen und für Neubildungen eine gewisse Prädisposition
bietenden anatomischen Beschaffenheit des Ovariums zu liegen.
Bekanntlich hat man am Eierstock hauptsächlich zwei Arten

des Gewebes zu unterscheiden: Die sogenannte Marksubstanz, eine nicht drüsige, sehr blutreiche, bindegewebige Masse, welche, vom Hilus aus beginnend nach der Peripherie hin ausstrahlt, hier das Fachwerk des drüsigen Rindenparenchyms bildet und dann wieder zu einer festeren peripherischen Rindenschicht zusammentritt. Letztere ist bloss von einer einfachen Lage niedriger Cylinderzellen, aber nicht vom Peritonaeum überzogen, wie die Untersuchungen Pflügers dargethan haben. Unter der genannten Grenzschicht liegt beim Fötus die Zone der primordialen Follikel, welche fast ganz gefässlos ist. Diese Gebilde, aus welchen allmälig die Graafschen Follikel entstehen, sind aus einem Abschnürungsprocesse hervorgegangen. Indem nämlich, wie Waldeyer in seinem Werke „Eierstock und Ei" gezeigt hat, unter steter Vermehrung der epithelialen und der bindegewebigen Bestandtheile eine gegenseitige Durchwachsung beider stattfindet, sendet das ursprünglich nur auf der Oberfläche des Ovariums aufgelagerte Epithel Zapfen in das Stroma hinein, so dass dasselbe einen cavernösen Character annimmt. Allmälig schnüren sich die länglichen Zellenansammlungen ab und bilden die Eistränge oder Pflügerschen Schläuche. Von der Geburt an hört die Epithelneubildung auf, während das Stroma weiter wächst und die einzelnen Epithelhaufen aus einander drängt. Auch diese bekommen Einschnürungen, wodurch sie ein rosenkranzähnliches Aussehen gewinnen und bilden so Stränge von primordialen Follikelanlagen. Letztere enthalten neben peripherisch gelegenen blassen kleineren Zellen in ihrer Axe grössere mit körnigem Protoplasma, die primordialen Eier, welche vitale Contractilität besitzen und sich durch Theilung vermehren. Nicht alle primären Follikelanlagen gestalten sich zu wirklichen Graafschen Follikeln um; sie können als einfache Epithelhaufen im Stroma liegen bleiben, während jene, die mehr nach der Mitte hin liegen, von der Pubertätszeit an die bekannten Processe durchmachen.

Auch wenn wir uns nun bei der Definition des Carcinoms

ganz streng an Waldeyer anschliessen, welcher es als eine schrankenlose. epitheliale Wucherung ohne bestimmten Typus bezeichnet, können wir am Ovarium genug Ausgangspunkte für den Krebs finden. Zunächst sind es die oben erwähnten unregelmässigen Epithelhaufen, die nicht zur Follikelbildung von der Natur verwandt worden sind. Es ist bekannt, dass solche Reste des ersten und dritten Keimblattes oft lange Zeit ohne jede Veränderung bleiben können, dass sie sich manchmal überhaupt nicht weiter entwickeln, bisweilen aber, mag es nun sein auf entzündliche Reizungen hin oder durch sonstige Umänderungen der Gewebe, wie sie namentlich durch die Pubertät und später durch die Involution bedingt werden, fangen sie an zu wuchern und als heterologe Gebilde aufzutreten. Wir erinnern hier nur der Analogie wegen an die Dermoidcysten in der Kopfschwarte. Zu erwähnen ist dabei noch, dass sich auch in den Zeiten des Geschlechtslebens nicht selten ein ähnlicher Vorgang wie beim Fötus wiederholt, indem auf's neue Pflügersche Ovarialschläuche von dem Oberflächenepithel her hervorsprossen, nur mit dem Unterschiede, dass sich in ihnen keine Ovula bilden und also nur die prädisponirenden Momente für Entstehung pathologischer Neubildungen epithelialen Characters vermehrt werden.

Einen zweiten Ausgangspunct können die normalen Graafschen Follikel selbst abgeben, wiewohl das bei ihnen, als abgeschlossenen selbstständigen Gebilden wohl sehr selten eintreten wird.

Dagegen mögen die Reste der geplatzten Follikel, die corpora lutea, welche ja sowie so einen Wucherungsprocess durchmachen müssen, ehe sie zur Vernarbung kommen, häufiger die Veranlassung zu Tumorenbildung sein. Förster theilt eine Beobachtung mit, welche sehr zu Gunsten dieser Ansicht spricht. Er fand in mehreren Fällen bei Ovarialcarcinom die corpora lutea bedeutend grösser, als im Normalzustande. Einen Fall beschreibt Rokitansky, wonach das Ovarialcarcinom aus einem corpus luteum entstanden sein soll: „An Stelle des linken Ovariums einer neunundsechszigjährigen Frau fand sich ein kindskopfgrosser tuberöser Tumor, welcher auf dem Durchschnitte eine 8—12 Linien dicke vielfach gefaltete, weissröthliche, fleischartige, hie und da von einem weisslichen Reife (Staube) bedeckte Rindenmasse zeigte, in deren Innerem eine weissliche, von blassgelblichem klebrigem Serum infiltrirte Bindegwebsmasse lagerte. Diese centrale Masse verästigte sich vielfach, indem sie überall in die Sinus der Falten der Rindenmasse Sepimente abgab. Die Rindenmasse bestand aus dichtem, grobbalkigenfasrigen Stroma, in dessen Räumen aus runden, eckigen, geschwänzten und bruthaltigen Elementen bestehende Medullarmasse lag. In den weisslich bereiften Stellen waren die Elemente in Verfettung begriffen." Rokitansky ist der Ansicht, dass in diesem Falle ein schon an und für sich grosses corpus luteum nach seiner Degeneration rasch fortwuchs und darum zu einer solchen Grösse herangedieh.

Besonders häufig entsteht das Carcinom in einem schon anderweitig degenerirten Eierstock, namentlich auf der Innenwand der Cysten. In diesen wuchern oft die epithelialen Gebilde so massenhaft, dass Waldeyer eine glanduläre und eine papilläre Form der Cystome unterscheidet. Dass hiermit der Uebergang zum Adenom und von da zum Carcinom leicht hergestellt wird, ist ersichtlich und wird durch zahlreiche Beobachtungen (unter andern unsere unter No. II beschriebene Geschwulst) erwiesen. Nach Waldeyer ist das Alvolarcarcinom nichts weiter, als ein solches Uebergangsstadium zum ächten Markschwamm, der aber auch mit Ueberspringung aller Mittelstufen direct aus dem Cystom entstehen kann. — Da wir des Adenoms Erwähnung gethan haben, so ist noch zu bemerken, dass es in seiner echten reinen Form sehr selten vorkommt dagegen bildet es häufig einzelne Parthieen von Ovarialkrebsen, wofür unser erster Fall ein Beispiel ist.

Folgen wir der Ansicht derjenigen, welche wie Förster die Bindegewebszellen u. s. w. sich einfach in Krebszellen umwandeln lassen oder wie Rindfleisch und Klebs zwar diese einfache Umwandlung in Abrede stellen, dagegen aber eine epitheliale Infection annehmen, so kann natürlich das Carcinom überall entstehen, auch da, wo weder ursprünglich Epithelzellen liegen, noch auf andere Weise dahin gekommen sind. Rindfleisch bildet in seinem Lehrbuch der pathologischen Geweblehre 2. Aufl. pag. 475 als Beweis für seine Ansicht ein Carcinoma Ovarii ab mit exquisit adenoidem Bau, die Albuginea selbst ist nicht mit Krebsmassen durchsetzt, sondern bildet eine sehr derbe Scheidewand zwischen den Knoten einerseits und den Papillen andrerseits; zugleich zeigt eine dieser Papillen in ihrem etwas angeschwollenen Körper eine deutliche Anlage neuer Krebsbildung. Dabei bemerkt Rindfleisch indem er sich Köster anschliesst: „Mir scheint, es sind die Lymphgefässe, welche hier wie bei der Tuberkelbildung die Initiative der Entwicklung ergreifen, indem ihre Endothelien zu Krebszellen heranwuchern. An ein Aussprossen der möglicher Weise vorhandenen Follikularepithelien ist wegen der breiten Bindegewebsbarriere, welche die Papille von dem Eierstocksknoten trennt, natürlich nicht zu denken. Wenn daher das Eierstockscarcinom zu den Drüsencarcinomen gehören sollte, so ist es wenigstens, wenn es die Grenzen des Organs überschritten hat, im Stande, auch im Bindegewebe und seinen Binnenräumen Knoten zu bilden." Wenn Rindfleisch erst die epitheliale Infection der Lymphgefässendothelien zu Hülfe nimmt, scheint uns diese Erklärung etwas sehr gezwungen; viel einfacher ist das Problem gelöst, wenn man annimmt, dass eben dieselben Lymphgefässe Zellen aus dem primären Carcinom in sich aufgenommen und in der Papille abgelagert haben; bei der Grösse der Epithelzellen ist es ja leicht denkbar, dass sie an einer engern Stelle des Canalsystems oder an einer Umbiegungsstelle des Lymphgefässes stecken bleiben und sich an ihrem neuen Wohnplatz in derselben Weise wie im primären Knoten durch

Theilung vermehren, nur mit dem Unterschiede, dass sich hier meist ein viel zarteres Stroma bilden wird, als in ersterem, weil dort die Neubildung ihre Sprossen erst in den Mutterboden einsenken muss und dessen Bindegewebe auf den Reiz, den das Wachsthum der Zellenzapfen ausübt, oft noch durch eine Art chronisch — entzündlichen Process reagirt, der zur Vermehrung desselben führt. In den Lymphgefässen dagegen findet die Zellenwucherung zünächst einen präformirten Hohlraum, den sie ausdehnt und wobei sie zugleich durch Druck atrophirend auf die Umgebung wirkt. — Weiter spricht für Waldeyers Hypothese und gegen die Lehre von der Entstehung der Carcinome und speciell des Carcinoma Ovarii aus histioiden Geweben der Umstand dass alle bis jetzt beobachteten Ovarialcarcinome, wenn sie primär waren, deutlich den Typus der Cylinderzellenkrebse zeigten und zwar waren es meist niedrige Cylinderepithelien, wie sie in den Graafschen Follikeln und auf der Oberfläche des Ovariums vorkommen. Von diesem Verhalten machen die Cystocarcinome keine Ausnahme, im Gegentheil, durch sie kommt noch ein zweites bestätigendes Moment hinzu: Die häufige Entwicklung von kleineren mit Cylinderepithel bekleideten Cysten in ursprünglich soliden Ovarialcarcinomen deutet entschieden auf den drüsigen Character derselben hin, indem durch Ausdehnung und Secretansammlung das Lumen eines adenoid gebildeten Zapfens zur Höhle umgewandelt wird; auch dafür scheint unser zuerst beschriebener Fall Beweiskraft zu haben, denn sowohl an seiner Oberfläche wie in seinem Innern finden sich kleinere Cysten und zwar nicht bloss in den den beiden Ovarien entsprechenden Theilen der Geschwulst, sondern auch an peritonealen Knoten und vor Allem im Innern des Theiles, in welchem der Fundus Uteri, also ein ursprüglich ganz compactes Gewebe aufgegangen ist.

Fassen wir die gefundenen Thatsachen noch einmal zusammen, so können wir mit ziemlicher Bestimmtheit sagen: Der erste Tumor ist ein medullares Cylinderzellencarcinom von theilweise adenoider Structur, ausgegangen vom linken Ovarium und zwar mit grosser Wahrscheinlichkeit von dessen folliculären Theilen; vielleicht auch von einem corpus luteum, da ungefähr ein halbes Jahr nach der zweiten Entbindung der betreffenden Person die Geschwulst die ersten Symptome durch peritonitische Erscheinungen machte. — Der zweite Tumor ist ein medullares Cystocarcinom, hervorgegangen aus der schrankenlosen Wucherung der drüsigen Bestandtheile der Cystenwände.

Wenden wir uns nun zu der Betrachtung des klinischen Bildes, welches die Ovarialkrebse darbieten, so ist dies in vieler Beziehung kein deutlich abgegrenztes. Schon dadurch, dass dieselben oft sich erst aus den Wandungen von Cysten entwickeln und so ein Uebergang zwischen beiden Geschwulstformen vermittelt wird, bieten sich der Feststellung eines genau abgegrenzten Symptomencomplexes unüberwindliche Schwierigkeiten dar. Der Mannichfaltigkeit der Lagen der Tumoren entsprechend und der Verschiedenheit der Verwachsungen, welche sie eingehen, sind die Symptome, die sie hervorrufen, in den einzelnen Fällen ungemein wechselnd und so müssen wir uns damit begnügen die Erscheinungen, welche durch sie bedingt werden können, aber nicht jedesmal nothwendig bedingt werden, der Reihe nach durchzugehen. Liegt die Geschwulst noch im kleinen Becken, so liegt sie im Douglas'schen Raum, der Uterus befindet sich vor ihr und zwar meist in antevortirter oder anteponirter Stellung; nicht selten auch ist er zur Seite gedrängt und lateral vertirt und flectirt, während Retroversion nur ausnahmsweise dadurch zu Stande kommt, dass die Geschwulst sich zwar aus dem Becken erhebt, aber doch hauptsächlich nach Unten wächst und so den Uterus gegen das Kreuzbein hin dislocirt. Bei weiterem Wachsthum können sich Incarcerationserscheinungen einstellen, besonders erschwerte Defäcation, die sich oft bis zur vollständigen Obstruction steigert. Von Seiten der Blase tritt Verhaltung des Urins auf, da dessen Abfluss durch den Tumor selbst oder durch die verdrängte Gebärmutter ein Hinderniss in den Weg gelegt wird. Der Druck auf die Schenkelgefässe und — nerven verursacht Varikositäten der Venen, Oedem, Gefühl von Ameisenkriechen, Neuralgieen und Lähmungen an einem, seltener an beiden Beinen. Bisweilen prolabiren in Folge der Raumbeengung Uterus und Vagina und bewirken dadurch zwar vorläufig den Schwund der drohendsten Symptome, fügen aber zugleich ein neues die Kräfte verzehrendes Leiden hinzu. Erhebt sich die Geschwulst aus dem kleinen Becken und ist sie dabei gestielt, so zeichnet sie sich Anfangs gewöhnlich durch grosse Beweglichkeit aus. In anderen Fällen, wo Verwachsung mit dem Uterus eingetreten ist und der Tumor ebenfalls aus dem kleinen Becken in die Höhe steigt, wird der Uterus nach Oben gezogen, so dass seine Höhle verlängert, die Wandungen verdünnt, das Scheidengewölbe bis auf ein Geringes reducirt wird oder auch ganz verschwindet und die portio vaginalis sich um ein Bedeutendes verkürzt. Dann wird der Blasenhals gezerrt und als Folge davon entsteht ein äusserst lästiger Harndrang und sogar Incontinentia urinae. Im weiteren Verlaufe können die Uretheren in die Geschwulstmassen eingebettet und comprimirt und so gleichzeitig Hydronephrose herbeigeführt werden. Fibröse Stränge in Folge peritonitischer Reizung entstanden, heften manchmal die Geschwulst an die Därme, vorzüglich das Colon transversum, oder an das Omentum majus an und beschleunigen durch Verdauungsstörungen den lethalen Ausgang. Auch durch ihre Grösse an und für sich vermag sie häufiges Erbrechen herbeizuführen indem sie die Ausdehnung des Magens behindert; in gleicher Weise wirkt sie dabei dem Herabsteigen des Zwergfells entgegen, wodurch die Abdominalathmung aufgehoben wird und Dispnoë eintritt. Die Ovulation nimmt, so lange die Degeneration auf ein Ovarium beschränkt bleibt, oft ungestört ihren Fortgang, ja Hewstett berichtet in Med. chir. transact. Vol. XVII. pag. 266 ein Beispiel von Conception und normal verlaufener Gravidität bei Carcinose beider

Eierstöcke, was sich nur dadurch erklären lässt, dass zur Zeit der Conception wenigstens einige Follikel noch nicht zerstört waren. — Die physicalische Untersuchung ergiebt, wenn nicht Darmschlingen sich vorgelagert haben, bei grösseren Geschwülsten in der Mittellinie des Bauches leeren Percussionsschall; durch Palpation fühlt man meist harte Knoten, die bei Cystocarcinomen auf einer glatten fluctuirenden Oberfläche ruhen; doch können diese auch fehlen und es giebt-Medullarcarcinome, welche deutliche Fluctuation darbieten. — Die sonst für den Krebs so characteristischen lancinirenden Schmerzen fehlen beim Carcinoma Ovarii sehr oft, eher treten statt ihrer Zeichen complicirender Peritonitis auf, zumal wenn einzelne Knoten bei einem Cystocarcinom in die Bauchhöhle durchgebrochen sind. Selten erfolgt nach Köhler der Durchbruch in den Darm, den Uterus oder die Vagina, wobei Krebsmassen durch diese Organe entleert werden. — Das Allgemeinbefinden bleibt manchmal lange Zeit ungestört oder zeigt wenigstens nur dieselben Störungen, wie die reinen Ovariencysten sie hervorbringen, nur verbindet sich häufiger Ascites damit; manchmal aber tritt schnell zum Tode führende Krebskachexie ein und beschleunigt so den Ausbruch der Katastrophe.

Wie wir schon oben gesagt haben lässt sich der Symptomencomplex, welchen das Carcinoma Ovarii darbietet, durchaus nicht genau abgrenzen. Wir werden uns in Folge dessen häufig mit einer blossen Wahrscheinlichkeitsdiagnose begnügen müssen, zumal wenn wir berücksichtigen, dass die Fibrome und die sogenannten Cystosarcome des Ovariums dem Tastsinne dasselbe Gefühl darbieten können, wie die Carcinome. Bei der Diagnose werden wir zunächst darauf achten müssen, dass uns Tympanitis oder partielle Contracturen der Bauchmuskeln Hysterischer nicht als Geschwulstmassen imponiren; sodann haben wir wie bei jeder derartigen Untersuchung vor allen Dingen darauf zu sehen, ob der Tumor vom Uterus ausgeht oder von dem Ovarium. Ziemlich leicht ist die Unterscheidung, wenn seine Verbindnng mit dem Uterus bloss durch einen dünnen Stiel hergestellt wird; dann sind beide meist für sich beweglich, die Bewegungen, welche man an dem einen ausführt, theilen sich dem andern nicht mit; bisweilen auch lässt sich schon durch das Gefühl ein deutlicher Zwischenraum zwischen beiden nachweisen. In diesem Falle schwankt die Diagnose höchstens zwischen den sehr seltenen langgestielten subserösen Uterusfibro-Myomen und der festen Ovarialgeschwulst und giebt die Anamnese, etwaige Menstruationsanomalien, Uteringeräusche, Gestalt und Lage des Tumors dafür oft werthvolle Anhaltspuncte; bisweilen aber muss sie in suspenso bleiben und aus dem Verlaufe die weiteren Schlüsse gezogen werden. Viel wichtiger, aber auch leichter ist es, den Uterus selbst von der Ovariengeschwulst zu unterscheiden So lange letztere noch im Becken liegt, kann sie Anlass geben zur Verwechslung mit Retroflexio und Retroversio uteri; jedenfalls wird hierdurch combinirte innere und äussere Untersuchung und, sollte es nöthig werden, mit Hilfe der Sonde sich nachweisen lassen, dass der fundus uteri an seiner normalen Stelle fehlt und die Uterushöhle in abnormer Richtung verläuft. Ebenso wird man es bei genauer Exploration vermeiden, den schwangern Uterus mit einem Cystocarcinom zu verwechseln; leichter könnte es passiren, dass man in Zweifel geriethe, ob man es nicht mit einer Extrauterinschwangerschaft zu thun habe, zumal, wenn sich zum Carcinom Ascites hinzugesellt. In derartigen Fällen, wo auch nur der leiseste Verdacht auf Schwangerschaft vorliegt, darf natürlich die Sonde nicht in Anwendung gezogen werden und muss man von jeder instrumentellen Hülfe absehen; die palpirende Hand endeckt Fluctuation und zugleich harte Theile, die sich wie Kindestheile anfühlten und ballotiren; hier ist es die Auscultation, welche wenigstens das Vorhandensein eines lebenden Kindes ausschliesst; werthvoll ist ferner das Verhalten der portio vaginalis, welche bei Schwangerschaft sich stets succulent zeigt, und des vordern Scheidengewölbes, welches gegen das nach hinten gerichtete Collum horizontal verzogen und in Folge dessen verstrichen ist. Die Schleimhaut der Vagina ist hypertrophisch und hat die bekannte weinhefenartige Färbung. Auch die Schwellung der Brüste und die Farbe des Warzenhofes können, je nachdem sie vorhanden sind oder nicht, von Einfluss auf die Diagnose sein; den Ausschlag aber geben die Anamnese (Ausbleiben der Menses etc.) und vor allen eine weitere Beobachtung. Bestehen beide Zustände neben einander, so ist es wichtig, dass man das Bestehen einer doppelten Geschwulst nachweist, deren eine mehr seitlich und hinten gelegene von dem mehr in der Mittellienie und vorn befindlichen schwangern Uterus durch die Beschaffenheit ihrer Oberfläche sich unterscheidet. Beckenexsudate und peritoneale abgekapselte Eiterheerde werden leicht durch genaues Krankenexamen ausgeschlossen. Eher könnten angesammelte Kothmassen im S. Romanum zu Verwechslungen Anlass geben, zumal, wenn sie mit Diarrhoen, wie das gar nicht selten vorkommt, einhergehen; zu empfehlen ist es daher stets, ehe man sich bestimmt entscheidet, durch leichte Abführmittel und Klystiere den Darm zu entleeren. In die Verlegenheit, Milztumoren, Wandernieren, Echinococcen und Ascites für Ovariengeschwülste zu halten oder umgekehrt, wird man nicht kommen, wenn man die alte Regel befolgt, niemals bloss in eine Lage zu percutiren; die Form des Organs und die Rückkehr, an seinen normalen Ort werden stets das Nöthige ergeben. Unmöglich wird es oft, eine genaue differential Diagnose zwischen den Eierstockstumoren einerseits und den von den Beckenwänden, dem Netz und dem Peritonaeum ausgehenden Neubildungen zu stellen. Hier wäre vielleicht die von G. Simon angebene und von Spiegelberg angelegentlichst empfohlene Abtastung der Bauchhöhle mit der in das Rectum eingeführten ganzen Hand am Platze. Die Probeincision, wie sie von Spencer Wells in die Praxis eingeführt ist, aus rein diagnostischen Zwecken anzuwenden, halten wir wegen den mit ihr verknüpften bedeutenden Gefahren für zu gewagt, Am schwierigsten ist die Unterscheidung des Carcinoms von dem Fibroid des Ovariums, denn beide können gleiche Consistenz zeigen, beide können eine glatte oder eine höckrige Oberfläche besitzen; die Umstände, welche auf Carcinom hindeuten, sind: Das rasche Wachsthum der Neubildung, Complication mit Ascites und schnell eintretende Krebskachexie; auf das Alter des betreffenden Individuums kann man sich in diesem Falle nicht stützen, da gerade am Ovarium auch bei jugendlichen Personen der Krebs verhältnissmässig häufig vorkommt; so sah Otto (Neue seltene Beobachtungen 1824. S. 143) einen Markschwamm des linken Eierstocks bei einem zwölfjährigen Mädchen, Kiwisch beobachtete einen weit gediegenen Markschwamm bei einem siebenjährigen Mädchen.

Nachdem wir gesehen haben, dass es schon um die Diagnose der Ovarialcarcinome sehr oft misslich bestellt ist, müssen wir leider von der Prognose dasselbe sagen oder vielmehr, wir müssen sie absolut ungünstig stellen. Unaufhaltsam wächst die Krebsgeschwulst und führt nach Lebert durchschnittlich in 10—12, selten später als nach 20 Monaten zum Tode durch Peritonitis oder unter Erscheinungen der Kachexie, jedenfalls im Ganzen viel früher, als die übrigen Erkrankungen des Eierstocks.

Kommen wir noch mit kurzen Worten auf die Therapie zu sprechen, so müssen wir, wenn irgendwo, uns hier bekennen, dass wir der Allgewalt dieses unheilvollen Gewächses machtlos gegenüber stehen. Das Verfahren von Walshe: „innerlich Jodarsen, äusserlich Jodbleisalbe" hat wohl kaum ein anderes, als historisches Interesse. Die Ovariotomie hat in fast allen Fällen wegen der zahlreichen peritonealen Adhäsionen tödliche Resultate ergeben oder sie hat wenigstens sistirt werden müssen; die wenigen glücklich verlaufenen Operationen, die nicht einmal sicher verbürgt sind (sie stammen fast alle aus einer Zeit, wo der Name Krebs für fast jede bösartige Geschwulst gebraucht wurde), haben die Katastrophe kaum aufschieben können, denn fast überall ist, wie bei der Grösse der Geschwulst zu erwarten stand, in kurzer Zeit ein Recidiv eingetreten. Wir können daher nur ein symptomatischen Verfahren einhalten: Man suche durch leichte, aber kräftige Nahrung die Kräfte der Patientin möglichst zu erhalten und sorge für offenen Leib, um Kothanhäufungen und Verdauungsstörungen vorzubeugen. Tritt bei dem Cystocarcinom Erstickungsgefahr ein, so ist die Punction indicirt, obgleich damit die Gefahr einer acuten Peritonitis oder einer tödlichen inneren Blutung in weit höheren Grade verbunden ist, als mit der Punction der gewöhnlichen Ovariencysten, und obgleich der durch die Verwundung und Entleerung der Geschwulst gesetzte Reiz eine gesteigerte Wucherung der Krebsmassen bedingt. Injectionen dürfen selbstverständlich nicht in Gebrauch gezogen werden. Glücklicher Weise kommen gerade beim Carcinoma Ovarii die furchtbaren lancinirenden Schmerzen, welche sonst so treue Begleiter des Krebses sind, ziemlich selten vor. Wo sie auftreten, da mag man immerhin Chloral und Morphium in jenen allmälig ansteigenden Dosen geben, die zuletzt vielleicht den Eintritt des Todes beschleunigen; hier ist es Pflicht des Arztes, die Schmerzen zu lindern, auch wenn durch das Mittel das Leben der Kranken wirklich um einige wenige qualvolle Tage verkürzt werden sollte. Sehr klar und präcis urtheilt der Amerikanische Gynäkolog Thomas über die Therapie des Ovariencarcinoms mit folgenden allerdings niederschlagenden, aber leider nur zu wahren Worten: „In ihrem Beginne ist die Krankheit äusserst heimtückisch, da sie entweder gar keine Symtome macht oder solche nur in so geringem Masse entwickelt, dass eine Diagnose häufig unmöglich ist, bis die Degeneration schon weit vorgeschritten ist. Jede sowohl medicamentöse wie chirurchische Behandlung ist ohnmächtig gegen dieses Leiden". An einer Stelle sagt derselbe: „Wenn solche Geschwülste exstirpirt werden, so ist ein Recidiv unvermeidlich, und die Ovariotomie ist eine zu gefährliche Operation um nur in der Absicht, das Leben um einige Jahre zu verlängern, vorgenommen zu werden".

Lebenslauf.

Ich, Bruno Gustav Weber, Sohn des verstorbenen Dr. med. Gustav Weber, bin am 16. März 1850 zu Gera im Fürstenthum Reuss j. L. geboren und in der evangelischen Confession erzogen. Bis Ostern 1869 besuchte ich das Gymnasium meiner Vaterstadt, welches ich mit dem Zeugniss der Reife verliess, um in Halle Medicin zu studiren. Das Studium erfuhr eine Unterbrechung durch den Ausbruch des deutsch-französischen Krieges, an welchem ich mich als Kriegsfreiwilliger im Schleswig-Holsteinschen Füsilierregiment Nr. 86 betheiligte. Nach meiner Zurückkunft im Mai 1871 setzte ich meine Studien in Leipzig fort und von Ostern 1872 ab wieder in Halle. Das Tentamen physicum bestand ich Michaelis 1871, das Examen rigorosum am 1. und 2. August dieses Jahres.

Während meiner Studienzeit waren meine Lehrer folgende Herren:

In Halle: Geh. R. Volkmann, Prof. Welker, Prof. Goltz, Prof. Heintz, Prof. Vogel, Prof. Nasse, Geh. R. Weber, Prof. R. Volkmann, Prof. Olshausen, Prof. Gräfe, Dr. Schwalbe, Dr. Kohlschütter, Dr. Steudener, Dr. Schede, Dr. Friedländer.

In Leipzig: Geh. R. Wunderlich, Geh. R. Thiersch, Prof. Credé, Prof. Wagner, Prof. Germann, Prof. Winter, Dr. Fürst, Dr. Wendt.

Allen diesen Herren sage ich hiermit meinen aufrichtigen Dank, besonders den Herren Prof. Olshausen und Dr. Friedländer, welche mich bei Abfassung dieser Arbeit freundlichst unterstützten.

THESEN.

I.

Die Schrumpfniere steht weder in pathologisch-anatomischer, noch in klinischer Beziehung mit Morbus Brightii in Zusammenhang.

II.

Das binoculare Einfachsehen beruht nicht auf einer Identität der Netzhäute.

III.

Das echte Bronchialasthma kommt lediglich durch einen Krampf der Bronchialmuskulatur zu Stande.